la courte échelle

Les éditions de la courte échelle inc.

Chrystine Brouillet

Née en 1958 à Québec, Chrystine Brouillet habite maintenant Montréal et Paris. Elle publie un premier roman en 1982, pour lequel elle reçoit le prix Robert-Cliche.

Chrystine Brouillet est l'un des rares auteurs québécois à faire du roman policier. Elle a d'ailleurs mis en scène un personnage de détective féminin, Maud Graham, que l'on retrouve, entre autres, dans *Le collectionneur*. Elle a également écrit une saga historique franco-québécoise en trois tomes, *Marie LaFlamme, Nouvelle-France* et *La Renarde*.

En 1985, elle reçoit le prix Alvine-Bélisle qui couronne le meilleur livre jeunesse de l'année pour *Le complot*. En 1991, elle obtient le prix des Clubs de la Livromanie pour *Un jeu dangereux* et, en 1992, elle gagne le prix des Clubs de la Livromagie pour *Le vol du siècle*. En 1993 et 1994, elle remporte le prix du Signet d'Or, catégorie auteur jeunesse, où, par vote populaire, les jeunes l'ont désignée comme leur auteur préféré. Certains de ses romans sont traduits en chinois, en italien et en arabe. *La veuve noire* est le quinzième roman pour les jeunes qu'elle publie à la courte échelle.

Nathalie Gagnon

Nathalie Gagnon est née à Québec en 1964. Elle a fait des études en musique et en illustration à l'Université Laval, à Québec. Elle enseigne le piano depuis une dizaine d'années. Elle a aussi participé à des expositions d'illustrations.

Elle adore lire, faire du sport et se promener dans la nature, mais elle aime particulièrement son chat Merlin.

La veuve noire est le quatrième roman qu'elle illustre à la courte échelle.

De la même auteure, à la courte échelle

Collection Roman Jeunesse
Le complot
Le caméléon
La montagne Noire
Le Corbeau
Le vol du siècle
Les pirates
Mystères de Chine
Pas d'orchidées pour Miss Andréa!
Les chevaux enchantés

Collection Roman+
Un jeu dangereux
Une plage trop chaude
Une nuit très longue
Un rendez-vous troublant
Un crime audacieux

Chrystine Brouillet

LA VEUVE NOIRE

Illustrations
de Nathalie Gagnon

la courte échelle
Les éditions de la courte échelle inc.

Les éditions de la courte échelle inc.
5243, boul. Saint-Laurent
Montréal (Québec) H2T 1S4

Conception graphique:
Derome design inc.

Révision des textes:
Jean-Pierre Leroux

Dépôt légal, 3e trimestre 1995
Bibliothèque nationale du Québec

Données de catalogage avant publication (Canada)

Brouillet, Chrystine

    La veuve noire

    (Roman Jeunesse; RJ54)

    ISBN 2-89021-237-8

    I. Gagnon, Nathalie, 1964- II. Titre. III. Collection.

PS8553.R684V48   1995   jC843'.54   C95-940069-9
PS9553.R684V48   1995
PZ23.B76Ve   1995

Chapitre I
Une drôle de veuve

Anne-Stéphanie Dubois-Barbancourt est toujours aussi stupide! Elle a fait semblant de s'évanouir quand Xavier a montré une diapositive représentant une mygale durant son exposé. Laurent, notre professeur, a dû l'accompagner à l'infirmerie.

Je suis certaine qu'Anne-Stéphanie a voulu ennuyer Xavier. Elle est fâchée contre lui parce qu'il ne s'intéresse pas à elle, comme les trois quarts des autres garçons de l'école. Elle lui demande souvent s'il descend de son cocotier pour venir au cours et s'il joue avec des poupées vaudou. Elle est vraiment stupide!

Xavier est haïtien, mais il est arrivé au Québec quand il avait cinq ans. Il est très calé en géographie et en biologie; Arthur et moi, on aime bien travailler en équipe avec lui. Xavier met dix gouttes de Tabasco dans son jus de tomates et il le boit sans s'étouffer. C'est Arthur qui me l'a rapporté; il est déjà allé chez Xavier.

Xavier a repris son exposé après le retour du professeur. Il s'était très bien documenté sur les araignées. Il nous a parlé des épeires et des thomises, qui changent de couleur comme les caméléons, des fils irréguliers d'une *Amaurobius ferox*.

Il a aussi expliqué les diverses manières de tisser une toile, les mues et le venin des araignées. Toutes sont venimeuses, mais toutes ne sont pas dangereuses pour l'être humain. Les araignées injectent un poison à leur proie, mais ce poison n'est pas toujours mortel pour nous.

Toutefois, on doit éviter les mygales et les tarentules, les *atrax* et les veuves noires.

— Il y en a ici? a demandé une amie d'Anne-Stéphanie.

— Non, a répondu Xavier. On compte 548 espèces d'araignées au Québec, mais elles ne nous menacent pas vraiment. L'*atrax* vit en Australie, et la plupart des espèces dangereuses préfèrent les pays chauds.

— J'ai toujours pensé que l'hiver avait du bon! ai-je dit.

Les autres élèves ont ri, mais Xavier

m'a interpellée:

— As-tu peur des araignées, Andréa-Maria?

— Non, mais je n'ai pas envie de me retrouver face à face avec une grosse araignée velue! Cependant, j'aime bien les petites. Et celles qui ont de très longues pattes.

— Sois rassurée, les araignées venimeuses ne survivraient pas à notre climat. Sauf la veuve noire, peut-être, qu'on trouve dans le sud de l'Ontario et en Alberta. Elle s'habituerait peut-être au froid.

«J'espère que non», ai-je pensé.

À la fin du cours, Laurent semblait soucieux, mais il a félicité Xavier pour son exposé:

— C'était très instructif, Xavier, quoiqu'un peu inquiétant...

— On n'a rien à craindre au Québec.

Laurent a hoché la tête, puis il a demandé:

— Pourquoi t'intéresses-tu autant aux araignées?

Xavier a eu un sourire énigmatique avant de nous expliquer que ses grands-parents lui avaient appris à respecter toutes les formes de vie.

— Mon grand-père a apprivoisé des dizaines de lézards. Moi, j'admire la faculté de tisser des araignées. C'est un acte de création merveilleux!

— Et de mort, aussi, pour les pauvres insectes qui sont collés à la toile et dévorés, a dit Arthur.

— Mais les araignées sont aussi mangées par d'autres prédateurs, a rétorqué Xavier.

Laurent a fouillé dans ses poches et il nous a offert des caramels. Il adore ça, il en mange toujours après les cours.

— Viens-tu chez moi chercher les *Tintin*? a-t-il demandé à Xavier. Je serai à l'appartement en fin d'après-midi.

Xavier et notre professeur habitent dans le même immeuble. Au début, Xavier craignait que Laurent ne raconte à sa mère tout ce qui se passait à l'école, mais Laurent est très discret. Et il a toute la collection des albums d'Hergé.

Xavier est un vrai «tintinologue». Il a lu tous les *Tintin* et il collectionne les objets à l'effigie de son idole. J'aime Tintin, car il est journaliste comme papa, mais je ne suis pas aussi maniaque que Xavier.

Nous avons accompagné notre ami. Nos

mères nous avaient permis de rester à souper chez lui.

— Tiens, encore elle! a fait Xavier.

— Elle? Qui, elle? ai-je dit.

Il m'a désigné une femme habillée en noir, au volant d'une voiture aussi noire. Elle était garée et semblait attendre quelqu'un.

— Elle va parler à Laurent. Je suis prêt à parier ce que vous voulez!

— C'est Élisabeth Simard, a dit Arthur. L'adjointe au maire. Je la reconnais; elle a inauguré la piscine l'an dernier.

Xavier a précisé:

— Elle habite dans notre immeuble. Elle a sorti quelque temps avec Laurent, puis elle l'a quitté.

— Pourquoi?

Laurent est beau, fin, intelligent; je me demandais bien ce qui lui manquait pour plaire à cette Élisabeth.

— Elle a hérité le mois dernier et elle l'a laissé tomber aussitôt.

— Quoi?

— Maintenant qu'elle est riche, elle se moque de lui. Elle a même eu le culot de lui proposer d'acheter son appartement! Elle nous a fait la même offre.

13

— Pourquoi?

— Je ne sais pas; le sien est aussi grand. Papa a refusé poliment de lui vendre le nôtre. Étant donné que son mari est mort l'an dernier, je l'ai surnommée la Veuve noire!

— Comme l'araignée dont tu as parlé ce matin? ai-je dit.

— Ça lui va bien! Il y a des araignées qui dévorent leur mâle après l'accouplement! Elles injectent un venin qui fait fondre les organes internes de leur proie. Ensuite, elles n'ont plus qu'à les sucer pour s'alimenter.

— Brrr! tu exagères! C'est écoeurant! a dit Arthur. Heureusement que les humains ne sont pas comme ça!

— Sauf les vampires, ai-je répliqué en riant.

— Je me demande pourquoi Laurent a été amoureux d'Élisabeth, a dit Xavier.

— Elle est très belle, a répondu Arthur.

— Pas tant que ça, ai-je avancé mollement.

— Elle est peut-être belle, a fait Xavier. Mais ce n'est pas assez.

À ce moment, Laurent est arrivé. Il a marché vers sa voiture. Élisabeth est alors sortie de la sienne et elle l'a hélé. Il a paru surpris de la voir. Cependant, il a accepté la boîte qu'elle lui tendait. Il lui a parlé quelques secondes, puis ils se sont séparés.

Ouf! Laurent n'était pas retombé sous son charme!

Chez Xavier, ça sentait le sucré et le salé en même temps. Sa mère nous a offert de la noix de coco fraîche, puis elle nous a régalés de poulet créole et de *combo*. Pour dessert, il y avait une sorte de mousse aux bananes plantain parsemée de graines de sésame. C'était excellent. J'en ai repris trois fois.

La mère de Xavier nous a remis un sachet d'herbes digestives pour M. Ocarino, qui habite au dernier étage de l'immeuble:

— Il est malade. Le médecin dit qu'il est probablement victime d'un empoisonnement.

— Qui a voulu le tuer? me suis-je écriée.

— C'est une façon de parler, a répondu Mme Célestin. Le médecin a parlé d'une intoxication alimentaire. Je voudrais lui redonner de l'appétit; il a été si gentil de venir changer notre serrure dimanche dernier.

— Et Ornella?

— Elle revient ce soir de chez sa cousine.

— Allons d'abord chez les Ocarino, a suggéré Xavier, et ensuite chez Laurent.

Sa collection de bandes dessinées est fantastique! Il en a des centaines!

On est montés. Mme Ocarino nous a ouvert la porte. Elle a chuchoté que son mari était couché, mais que notre attention le toucherait beaucoup.

Chapitre II
Une mauvaise surprise

En descendant au deuxième étage, Xavier nous a parlé d'Ornella. Elle a près de douze ans, comme nous, et il va parfois regarder un film chez elle.

On s'est arrêtés devant l'appartement de Laurent. On a sonné, puis sonné encore, sans obtenir de réponse.

— On va l'attendre dehors.

À l'extérieur, Xavier nous a montré la voiture de Laurent:

— Il ne doit pas être loin. Je vais aller chercher mon ballon!

Xavier est revenu très vite. Au moment où il ouvrait la porte de l'immeuble, Élisabeth lui a emboîté le pas. Elle lui a parlé, puis elle s'est dirigée vers sa voiture.

— Que voulait-elle?

— Me dire qu'elle n'était pas fâchée contre moi, même si mes parents refusaient de vendre l'appartement. Elle m'a aussi demandé des nouvelles de M. Ocarino. Si elle est gentille avec lui, c'est sûrement qu'elle aimerait acheter son appartement.

— Elle veut vraiment acheter tout l'immeuble?

Xavier a hoché la tête avant de me lancer le ballon. On jouait depuis une demi-heure quand j'ai remarqué qu'il y avait de la lumière à la fenêtre de l'appartement de Laurent.

— Il devait être allé visiter un voisin lorsqu'on a frappé à sa porte. M. Ocarino, probablement. Laurent aura emprunté l'ascenseur tandis qu'on était dans l'escalier.

— J'espère que ce n'est pas Élisabeth qu'il a vue! a dit Xavier.

On a sonné chez Laurent. Toujours pas de réponse.

— C'est étrange. Peut-être qu'il dort? ai-je dit.

— J'entends de la musique, a fait Xavier. Oh! la porte n'est pas bien fermée...

Xavier a poussé la porte et on l'a suivi dans le corridor. Il s'est arrêté soudainement, a dit «oh non!», puis il s'est précipité vers Laurent.

Notre prof était étendu au sol, inanimé.

Sa chaise était renversée, sa plume avait taché le tapis et les copies qu'il était en train de corriger étaient éparpillées autour de lui. Un *Tintin* était tombé par terre et était resté ouvert près de Laurent.

Xavier est monté chez lui à toute vitesse pour avertir ses parents.

On a failli le suivre, mais on devait rester à l'appartement, au cas où Laurent se réveillerait. Il était blême et il respirait difficilement. On lui parlait pour l'encourager, même si on doutait qu'il nous entende.

— Andréa, regarde: Laurent était en train de corriger ta copie!

J'ai reconnu mon écriture, mais Laurent ne m'avait mis aucune note. Il avait juste écrit «Savelli» en grosses lettres. La dernière lettre était un peu croche, comme si Laurent avait tremblé.

— Savelli? ai-je dit. Je ne connais personne de ce nom-là!

Xavier et ses parents sont revenus; on a entendu la sirène d'une ambulance. Deux hommes ont pénétré dans l'appartement avec une civière. Des policiers les suivaient. Ils nous ont entraînés aussitôt dans une autre pièce.

— Mais Laurent... ai-je commencé.

— Les infirmiers s'en occuperont très bien. Je suis l'enquêteur Louis Lauzon. Je voudrais savoir qui nous a appelés.

Xavier a froncé les sourcils:

— Personne... On a téléphoné seulement aux ambulanciers. Ça doit être Laurent, juste avant de s'évanouir!

L'enquêteur Lauzon a paru perplexe, puis il nous a posé des questions sur ce qui s'était passé.

— On a trouvé Laurent évanoui. Il était encore plus pâle que M. Ocarino.

— Qui est-ce?

— Le voisin d'en haut. Il s'est empoisonné.

— Un suicide?

— Non. Un accident.

— Eh bien! Vous vivez dans un immeuble dangereux, a dit l'autre policier.

Mme Célestin n'a pas eu l'air d'apprécier cette remarque. Elle lui a répondu d'un ton très sec.

Je n'ai pas tout entendu, car Xavier venait d'attirer mon attention sur le *Tintin* qui était tombé par terre:

— Regarde! C'est une drôle de coïncidence, non?

Oui. Et j'ai eu froid dans le dos: c'était l'album *L'étoile mystérieuse*, où Tintin faisait face à une monstrueuse araignée!

— Il devait l'avoir ouvert à cette page pour te demander d'identifier l'araignée, a avancé Arthur.

— Ça ressemble à une tarentule.

— Tiens, un emballage de bonbon, a remarqué Arthur. Et ça, c'est la boîte qu'Élisabeth lui a donnée tantôt.

— Des caramels! a murmuré Xavier. Elle lui a offert des caramels. Elle voulait sûrement l'amadouer! Il aime vraiment ces bonbons! Regardez ses réserves...

Nous aurions pu en prendre dans un grand plat de verre si les policiers ne nous avaient pas fait signe de sortir avant les ambulanciers.

Ils se sont emparés d'une pile de feuilles: nos copies non corrigées. Puis ils ont verrouillé la porte et ils nous ont dit qu'on aurait des nouvelles de Laurent en appelant à l'hôpital.

— Et nos copies? ai-je demandé. Celles que vous avez ramassées. On voudrait bien...

— Nous allons les conserver quelques jours, nous a confié l'enquêteur Lauzon. Ne vous en faites pas trop pour votre professeur. Ce n'est peut-être qu'un petit malaise...

Le ton du policier n'était pas convaincant du tout. Il a tenté de sourire pour nous rassurer, mais je me souvenais de la pâleur de Laurent, de la sueur qui perlait sur son front, de ses râles. Il était sûrement très malade.

Mme Célestin a téléphoné à maman pour qu'elle vienne nous chercher, Arthur et moi.

Maman s'est émerveillée devant les

peintures naïves qui ornaient les murs du salon des Célestin. Puis, on a parlé de Laurent et de M. Ocarino.

— Je ne suis pas superstitieuse, a déclaré Mme Célestin, mais j'espère qu'il n'arrivera plus rien de fâcheux à nos voisins!

— C'est sûrement un hasard que Laurent et M. Ocarino soient tombés malades en même temps, a dit Xavier.

Mme Célestin a regardé son fils et elle a soupiré:

— Je sais bien. Mais Élisabeth Simard finira par avoir raison.

— Des balivernes! a rétorqué Xavier.

— Que veux-tu dire? a demandé maman.

— Mme Simard prétend que son mari est mort parce qu'il avait provoqué la colère des dieux sur cette demeure. Et que ces dieux frapperaient encore.

— Pourtant, a dit Mme Célestin, cette Mme Simard n'a pas l'air de craindre vraiment les mauvais esprits, puisqu'elle n'a pas déménagé.

— Elle veut même racheter l'immeuble!

— Oui, pour le raser, a fait Mme Célestin. Elle veut le purifier des ondes maléfiques! Elle raconte n'importe quoi!

Durant le trajet de retour, maman a promis de nous amener voir Laurent à l'hôpital quand on le voudrait.

Ma mère est vraiment super-fine. Elle a même permis que mon chien Sherlock dorme avec moi.

Chapitre III
Qui est Savelli?

Le lendemain matin, maman a téléphoné à l'hôpital pour avoir des nouvelles
de Laurent. Il reposait dans un état station-
naire. On ne savait toujours pas ce qui l'a-
vait plongé dans le coma, mais on croyait
que c'était un empoisonnement.

— Un empoisonnement? a balbutié maman. Oui... Je comprends, merci.

Elle a raccroché et elle m'a confié que
Laurent avait probablement consommé un
aliment avarié.

— Comme M. Ocarino!

— Ils ont peut-être mangé ensemble?
J'appelle Mme Célestin pour le lui demander.

Pendant que maman téléphonait, je re-
pensais à ce que j'avais lu sur ma copie:
Savelli. Était-ce le nom d'une personne?
d'un endroit? d'un produit? d'un aliment?

J'ai retrouvé Arthur chez lui; il finissait de grignoter un pain au chocolat.

— Arthur, on doit aller voir Ornella, la copine de Xavier.

— On ne l'a jamais rencontrée...

— Elle sait peut-être ce que veut dire Savelli; si c'est un nom propre ou une nouvelle sorte de nouilles italiennes. Elle connaît peut-être la traduction? C'est notre seule piste.

— Une piste? Pourquoi?

— Le malaise de Laurent me semble étrange; il est toujours pétant de santé! Il mange un peu trop de caramels, mais ce n'est pas ça qui l'a terrassé. C'est peut-être des Savelli; il aura compris que ça l'empoisonnait et il aura voulu nous ameuter.

— Des Savelli?

— Si M. Ocarino en a mangé avec lui, ce sera la preuve que j'ai raison et que les Savelli sont empoisonnés!

Arthur a déclaré:

— Je prends mon appareil photo. Je photographierai les Savelli, puis on fera des copies des photos. On en mettra dans toutes les épiceries pour prévenir les gens de ne pas manger de Savelli.

Xavier était déjà monté chez Ornella,

nous a appris Mme Célestin. On l'a rejoint et il nous a présenté son amie. Ornella nous a souri timidement. Elle a de longs cheveux noirs tout bouclés et les yeux noisette, un visage rond comme une pomme et le teint légèrement doré.

Ornella nous a entraînés dans sa chambre. On a fermé la porte pour ne pas déranger M. Ocarino qui dormait. Ornella veillait sur lui, car sa mère travaille dans un grand restaurant.

— Est-ce que tu connais les Savelli? ai-je demandé rapidement.

— Non. Ils habitent près d'ici? a répondu Ornella, intriguée.

— Ce sont des gens? a questionné Arthur.

— Je ne sais pas, a dit Ornella. Je ne comprends pas ce que vous...

— Je voudrais savoir si on peut manger des Savelli. Si ce sont des pâtes italiennes.

Ornella a haussé les épaules:

— Je n'en ai jamais entendu parler. Mais pourquoi me parlez-vous de Savelli?

On a tout expliqué à Ornella, qui nous a félicités pour nos brillantes déductions. Elle est allée aussitôt questionner son père. Elle avait l'air déçue en sortant de la chambre de ses parents:

— Non, il n'en a pas mangé. Ni avec Laurent ni seul. Il ignore ce que c'est. Mais je vais appeler maman au restaurant. Elle sait sûrement si les Savelli se mangent; elle enseigne la cuisine chaque samedi avec Mme Zingara et elle connaît tous les commerçants et importateurs italiens. On sera bientôt fixés!

Mme Ocarino a expliqué à sa fille qu'elle n'avait jamais vu ni goûté de Savelli de sa vie. Qu'il y avait plusieurs sortes de pâtes alimentaires en Italie, mais aucune ne portait ce nom-là. Selon Xavier, Savelli devait être un ami de Laurent. Ce dernier avait tenté de l'appeler quand il avait ressenti les premiers malaises.

— Votre idée était pourtant bonne! a dit Ornella. Il faut trouver qui est ce Savelli.

Mais comment? Il n'y avait personne de ce nom dans l'annuaire.

— Appelons les policiers, a suggéré Ornella.

— On dira qu'on doit absolument rejoindre le professeur Savelli pour un travail, qu'on s'était entendus avec Laurent. On leur demandera de chercher le numéro de téléphone de M. Savelli dans le carnet

d'adresses de Laurent.

On a téléphoné, mais l'enquêteur Lauzon n'était pas encore de service.

— Allons à la bibliothèque en attendant, a proposé Arthur. On dénichera peut-être un indice...

— Je dois rester ici, a expliqué Ornella. Mais vous viendrez me raconter ce que vous avez découvert?

Xavier avait promis de tenir compagnie à Ornella tout l'après-midi.

— Ce n'est pas grave, ai-je dit. Arthur trouve toujours tout à la bibliothèque; il connaît parfaitement chacune des sections!

Arthur a rougi un peu, mais il était content. Il m'a même dit qu'on ferait mieux de se dépêcher si on voulait attraper le bus. Je suis descendue la première.

Et j'ai vu une grosse araignée entre deux marches!

J'ai crié. Arthur a failli débouler l'escalier:

— Qu'est-ce qu'il y a?

— J'ai vu une araignée géante!

Arthur m'a souri:

— Elle ne devait pas être si grosse! Tu exagères tout le temps!

— Je te jure que non! Elle était grosse

comme ma main!

Arthur a levé les yeux au ciel:

— Montre-moi ce vilain monstre!

— Elle s'est glissée dans une fente. Fais attention! Elle pourrait te piquer!

Arthur s'est accroupi lentement. Puis il a regardé autour de lui en plissant les yeux.

— Je ne vois rien. Tu me montes un bateau!

— Je te jure que je t'ai dit la vérité, ai-je protesté en le suivant.

Je scrutais le sol, de peur de mettre un pied sur l'araignée, mais elle avait disparu. Et Arthur pensait que je craignais une petite araignée de rien du tout.

— Je suis prête à être changée en brocoli si je t'ai menti! ai-je dit à Arthur, qui a continué à rigoler.

— J'espère qu'il n'y aura pas de méchantes araignées à la bibliothèque, a-t-il répondu.

J'ai boudé jusqu'à ce qu'on arrive; c'est très énervant de ne pas être crue!

À la bibliothèque, Arthur a consulté le fichier informatique, mais il n'y avait rien au nom de Savelli. Ni dans la section géographie, ni dans la section histoire, ni en biologie, ni en physique, ni en chimie. Rien de rien! Il y avait un Farfelli, qui avait été un grand savant espagnol, un Diavelli, un astronome chilien, mais aucun Savelli, italien ou pas.

Arthur a interrogé la bibliothécaire, mais elle nous a répété que le fichier ne se trompait pas. S'il n'y avait aucun Savelli au fichier, c'est que Savelli n'existait pas à la bibliothèque.

Chapitre IV
Au restaurant italien

Chez Ornella, j'ai rappelé l'enquêteur Lauzon. Il m'a affirmé qu'il n'y avait pas de professeur Savelli dans le carnet d'adresses de Laurent, ni même de Savelli tout court.

— Si tu connais cet homme, tu dois me le dire, a fait le policier.

— On cherche autant que vous! On ne sait pas si c'est une personne, un pays ou un objet!

— Ton professeur a pourtant inscrit ce mot sur ta copie, Andréa-Maria. Tu n'as pas une petite idée?

— Aucune! Ça doit être un ami de Laurent.

— Peut-être vous en a-t-il parlé durant un cours?

— On s'en souviendrait...

J'ai rapporté ma conversation avec le

policier, puis Arthur et moi avons quitté Xavier et Ornella. Je devais rentrer chez moi, car j'avais vingt tablettes de chocolat à vendre afin d'amasser de l'argent pour les activités parascolaires.

J'ai sonné à la porte de tous mes voisins; la plupart d'entre eux étaient absents, car il faisait très beau. Finalement, j'ai marché jusque chez Xavier: il y a plusieurs immeubles dans sa rue. J'espérais vider ma boîte et retourner le voir.

Il me restait deux tablettes de chocolat quand je suis arrivée devant son immeuble. J'ai sonné à la porte d'Élisabeth, ravie d'avoir une bonne raison pour la voir de plus près. Elle a paru surprise de ma visite, puis elle est allée chercher de l'argent. Elle ne m'a pas invitée à entrer, mais j'ai poussé un peu la porte.

J'ai jeté un coup d'oeil sur son salon! Il y avait des dizaines de cadres avec des insectes épinglés sous verre. Beaucoup de papillons, mais aussi des scarabées et des araignées. J'étais trop loin pour tout distinguer, mais je savais dorénavant qu'Élisabeth Simard aimait les insectes autant que Xavier. Dommage qu'ils ne s'entendent pas.

Tout à coup, je me suis demandé si l'araignée que j'avais aperçue ce matin ne provenait pas de chez Élisabeth Simard...

— Vous aimez bien les insectes, lui ai-je dit en lui tendant la tablette de chocolat. C'est vous-même qui les tuez et les encadrez?

La Veuve noire a eu un hoquet avant de déclarer que cette collection appartenait à son défunt mari. Et qu'elle allait la vendre.

J'ai menti en disant que mon père collectionnait ce genre de choses.

— Tu me l'enverras, a dit Élisabeth. Excuse-moi, je suis très pressée. J'ai un rendez-vous dans cinq minutes.

Je me suis dirigée vers l'escalier en regardant où je posais les pieds. Les araignées d'Élisabeth Simard étaient bel et bien mortes et encadrées. Pourtant, je n'avais pas rêvé: j'avais vu une grosse araignée, même si elle ne venait pas de chez Élisabeth Simard.

Au premier étage, j'ai découvert l'araignée, là, devant l'appartement 103! J'étais si terrorisée que je ne pouvais pas crier. Puis un petit garçon est sorti, il a pris l'araignée et une sorte de pompe.

J'ai compris que la fameuse araignée

était en caoutchouc. Si ce maudit bébé lala n'était pas rentré chez lui aussi vite, je la lui aurais fait avaler, sa tarentule! Heureusement qu'Arthur ne m'accompagnait pas! Il se serait moqué de moi durant un million d'années.

Xavier et Ornella semblaient plus détendus; M. Ocarino avait recommencé à manger. Ils lui avaient parlé de Savelli, mais M. Ocarino n'avait jamais entendu ce nom. Il avait promis de se renseigner auprès de son vieil ami Ettore, qui connaissait toute la communauté italienne de Montréal. Mme Ocarino, elle, en parlerait à Mme Zingara, qui est aussi populaire qu'Ettore.

J'ai entendu le carillon de l'horloge et je suis rentrée chez moi. Maman déteste m'attendre pour manger quand elle a tout préparé. Le problème, c'est que je suis tellement occupée que je manque de temps pour tout faire!

J'étais contente d'être arrivée à l'heure! Mon père était là! Maman m'avait fait la surprise. Je me suis jetée dans ses bras en hurlant de joie:

— Papa!

Il m'a serrée fort, puis il m'a dit que

mon palmier poussait si bien que j'aurais bientôt des noix de coco dans les cheveux. Puis il a décrété que nous allions tous les trois au restaurant.

— Choisis donc, a-t-il fait en souriant à maman. Tu as toujours eu plus de goût que moi.

Maman a souri à son tour, et elle a proposé un restaurant italien.

Je suis allée me changer; je voulais porter le beau chandail bleu canard que mon père m'avait envoyé quand il séjournait en Angleterre.

J'étais vraiment très contente de retrouver papa; il habite à Québec et je ne le vois pas aussi souvent que je le voudrais. Cependant, on se téléphone régulièrement. Enfin, quand il est chez lui... Il voyage énormément à cause de son métier.

Au restaurant, j'ai lu attentivement le menu. Il y avait des tortellinis, des spaghettis, des cannellonis, des agnolettis, des raviolis, des manicottis, mais pas de Savelli. J'ai tout de même demandé au serveur s'il connaissait ça.

— Qu'est-ce que des Savelli? a demandé papa.

J'ai haussé les épaules:

— Je ne sais pas. C'est Arthur qui m'a parlé de ce mot. J'ai supposé que c'était

des pâtes, mais je dois me tromper.

Papa a froncé les sourcils:

— C'est curieux, il me semble que j'ai déjà entendu ça. En Italie, l'été dernier. Mais ce n'était pas dans un restaurant, j'en suis presque certain.

— C'était où?

— C'est si important pour toi, ma chérie?

— J'aimerais bien trouver la signification de ce mot avant Arthur.

— Tu es toujours amie avec Arthur? a questionné papa.

— Oh oui! Il est un peu lent, mais il est super-fin. Il fait de belles photos, même s'il ne voit pas bien les couleurs.

— Il est daltonien?

— Oui. Ça paraît parfois dans son habillement.

— Tu pourrais emmener Arthur quand tu viendras à Québec la prochaine fois, a fait papa.

— Tu ne te souviens vraiment pas de la signification du mot «Savelli», papa?

Il a eu un sourire désolé, et on a continué à parler d'Arthur, lorsque papa a fait claquer ses doigts:

— Il me semble qu'il y avait un rapport

avec une cassette ou un coffret à bijoux...
Oui, c'est ça! Je me souviens! J'ai vu un
coffret à bijoux dans un musée. C'était à
Florence! Un coffret serti de pierres pré-
cieuses.

— Dans quel musée?

— Un tout petit musée, rien à voir avec
la galerie des Offices. Je ne retrouve pas le
nom. Je crois même ne l'avoir jamais su.
Je sortais d'une *trattoria* et je marchais
vers le Dôme, quand j'ai aperçu ce musée
minuscule. J'y suis entré, car il semblait y
faire un peu plus frais.

— Comment était ce coffret?

— Ancien, du XVIᵉ ou XVIIᵉ siècle. Il
était en argent massif, de la taille de ton
assiette à pain. Je l'ai regardé rapidement,
car j'étais plus intéressé par les livres
d'heures.

— Des livres d'or?

— Non, d'heures. Les recueils de priè-
res retranscrits et enluminés par les moi-
nes. De véritables splendeurs! La patience
de ces hommes qui ont passé non pas des
heures, mais des années à tout recopier, ça
m'épate! Et ça me fait prendre conscience
que je devrais m'asseoir tranquillement et
réfléchir. Enfin, de temps à autre...

Maman a eu un sourire très doux pour papa.

Je souhaiterais qu'elle ait plus souvent ce sourire-là. Je souhaiterais aussi que mes parents habitent de nouveau ensemble. J'étais si petite quand ils se sont séparés que je ne les ai jamais vus s'aimer.

Maintenant, ils sont amis. C'est bien, mais ça serait encore mieux s'ils étaient amoureux. Je ne me fais pas trop d'illusions, cependant. À l'école, aucun de mes amis dont les parents se sont séparés ne les a vus se remarier.

Chapitre V
Avis de recherche

Le lendemain, à l'école, j'ai raconté à Arthur et Xavier ce que mon père m'avait appris à propos du coffret à bijoux. Arthur a décidé d'orienter ses recherches du côté de l'orfèvrerie:

— Ma mère a reçu un grand livre sur ce sujet à Noël. Je vais le consulter pour voir s'il n'y a pas un orfèvre nommé Savelli.

— Il aurait dû apparaître dans le fichier de la bibliothèque s'il était un bijoutier connu.

Arthur s'est vexé:

— Veux-tu dire que je ne sais pas chercher dans un fichier?

— Mais non! ai-je protesté. Savelli risque de n'être qu'un obscur artisan, qui n'a pas été immortalisé par l'histoire. Papa m'a précisé que c'était un tout petit musée. On ne mettrait pas dans un musée que personne ne connaît la pièce d'un orfèvre réputé, non?

Arthur a hoché la tête:

— Mais on a des chances d'en apprendre plus dans le livre de maman. Il faut découvrir ce que Laurent voulait dire!

Il s'est tu. Il pensait à notre professeur. Comme Xavier et moi, Arthur avait téléphoné à l'hôpital en se levant: l'état de Laurent n'avait pas changé. Il était dans le coma. Le resterait-il encore longtemps?

— Et si ce Savelli savait de quel empoisonnement Laurent est victime? a avancé Xavier. C'est peut-être un médecin?

— J'ai trouvé! Laurent doit être allergique à un aliment! C'est pour ça qu'il a été foudroyé. Et M. Savelli est sûrement au courant! Il doit l'avoir déjà soigné.

— Mais ce monsieur n'existe pas! a rétorqué Arthur. Tu le sais bien! Même les policiers ne l'ont pas retracé.

— C'est que Savelli est un surnom!

— Mais comment deviner le nom véritable de ce Savelli? a gémi Xavier. C'est impossible!

— Et si on mettait une annonce?

— Où?

— Dans le journal! On n'a pas d'argent, mais les policiers pourraient s'en charger.

— Et la télévision! Et la radio!

— Je les appelle, ai-je dit d'un ton décidé.

J'étais toujours gênée de leur parler, mais mon idée était trop bonne pour que j'y renonce, faute de moyens.

L'enquêteur Lauzon m'a signifié qu'on n'allait pas ameuter toute la ville parce qu'un homme était victime d'un empoisonnement alimentaire.

— Et si M. Savelli connaissait l'allergie dont souffre Laurent? Il pourrait aider les médecins à lui donner un antidote!

— Écoute, on a déjà cherché sans succès. Tu as dit toi-même que tu ne savais pas si Savelli était une sorte de pâtes alimentaires, comme des fusillis, ou du fromage, comme le bocconcini. On aurait l'air stupides si on essayait de trouver un navet ou quelque chose du genre dans toute la ville! Oublie cette annonce!

J'ai raccroché en me retenant pour ne pas lancer le téléphone sur le mur. J'étais furieuse: ce policier refusait de nous aider!

— Et le *Sherlock*? a dit Arthur.

— Les adultes ne lisent pas le journal

de l'école, a objecté Xavier. Même s'il est passionnant.

Pendant que je flattais mon chien, j'ai eu une idée:

— Quand j'ai perdu Sherlock l'été dernier, j'ai collé des affiches dans tout le quartier. On peut en imprimer à l'école avec le matériel qu'on utilise pour réaliser le *Sherlock*.

— Bonne idée! a dit Arthur.

— Et si les policiers avaient raison? a murmuré Xavier. Ils connaissent leur métier...

— Si tu ne veux pas nous donner un coup de main, dis-le maintenant...

Xavier a secoué la tête:

— Non, non, c'est juste que je me demande...

— Quoi?

— Rien.

À midi et quart, on avait déjà fini de manger et on s'occupait du texte et de la maquette de l'affiche. On a écrit: «RECHERCHONS SAVELLI. Prière de communiquer toute information à ce numéro.» On donnait celui d'Arthur, car son père a fait ajouter une ligne téléphonique. Les frères et soeurs d'Arthur parlent si longtemps au téléphone quand ils sont amoureux que M. et Mme Lancelot ne pouvaient jamais l'utiliser.

— Comme ça, mes parents ne sauront pas que nous enquêtons sur Laurent.

— Vous croyez que c'est anormal? a marmonné Xavier.

— Laurent était en pleine forme! Il n'a

pas écrit «Savelli» pour rien. C'est un indice!

— Un indice de quoi? a dit Xavier.

Je ne savais pas quoi répondre, mais je sentais que Xavier avait des doutes concernant notre enquête.

— Un indice du fait qu'on l'a empoisonné! ai-je déclaré.

Les mots avaient dépassé ma pensée, mais ils avaient retenu l'attention de Xavier.

— Empoisonné? Et M. Ocarino?

— M. Ocarino a été malade à la suite d'un empoisonnement alimentaire, mais Laurent doit avoir été victime d'un empoisonnement criminel.

— Criminel? Criminel! a répété Xavier.

Arthur a soupiré en plissant les yeux:

— On n'a pas de preuves, Andréa.

— Justement, il faut en trouver. Savelli est notre seul indice!

— Mais pour quelle raison a-t-on voulu empoisonner Laurent? Il est super-fin! a dit Xavier. Qui a pu faire ça?

— Et si l'empoisonneur s'appelait Savelli?

Xavier a grimacé:

— Je commence à être mêlé, Andréa!

Au début, tu pensais que Savelli, c'était des raviolis, ensuite que c'était un ami de Laurent, puis un bijoutier ou un médecin. Et maintenant, tu me dis que c'est un criminel! Je crois que tu...

— Que je?

— Qu'on doit découvrir qui est Savelli au lieu de se disputer, a dit Arthur. Mais si Savelli est un criminel, il peut être dangereux. Je préférerais qu'on n'écrive pas mon numéro de téléphone sur l'affiche.

— Tu as raison, Art, ai-je dit. Mais comment communiquera-t-on avec nous?

— On n'a qu'à nous répondre dans la section du courrier des lecteurs du journal!

— Tu es génial!

On a tout juste eu le temps d'imprimer cinquante affiches: la cloche du début des cours nous a fait sursauter. Il me semble qu'elle sonne de plus en plus tôt!

Chapitre VI
Les caramels

C'est Madeleine Aquin qui remplaçait Laurent. Elle est bien moins gentille que lui. Durant le cours de français, je me suis souvenue que je voulais parler à Xavier des cadres que j'avais vus chez Élisabeth. Dès qu'on est montés dans l'autobus à la fin des cours, je lui ai raconté ma visite.

— Les araignées sont toutes mortes, épinglées dans des cadres de verre. Il y en a des dizaines. Presque autant qu'à l'Insectarium. Tu devrais aller voir!

— Je déteste la Veuve noire!

— Oui, mais elle veut vendre cette collection... Peut-être qu'elle te laisserait quelques araignées à bas prix?

Xavier a admis qu'il était intéressé:

— J'irai ce soir.

— Essaie de savoir si elle a des nouvelles de Laurent.

Xavier a fait la moue:

— Elle ne s'intéresse plus à lui, je te l'ai dit. Hier, je l'ai même vue avec un autre homme, dans une voiture sport verte. Elle a vite oublié Laurent.

On a collé nos affiches en moins d'une heure, car Ornella et son frère nous ont aidés. Puis je suis rentrée chez moi. Maman venait d'appeler à l'hôpital: elle était affolée.

— Ma chérie! As-tu pris des bonbons chez Laurent?

— Des bonbons?

— Des caramels! Il paraît qu'il a mangé un caramel empoisonné!

J'avais donc raison de flairer un crime!

— Je n'ai pas pris de caramel, maman. Ni Arthur ni Xavier.

Maman m'a serrée dans ses bras, visiblement soulagée:

— Un policier m'a prévenue au téléphone juste avant que tu arrives. Ils enquêtent sérieusement. Ils sont retournés chez Laurent pour fouiller son appartement et ils ont trouvé des caramels. Ils les ont fait analyser. Laurent n'a pas repris connaissance, ma chérie.

— Pas encore?

— Non, mais les médecins espèrent qu'il s'en tirera. Laurent n'a plus ses parents. Son frère et sa soeur le veillent à l'hôpital; ils sont épuisés. Tu pourrais peut-être leur écrire un mot pour leur dire que tu penses à Laurent. Ça leur fera sûrement plaisir.

— Papa n'a pas appelé?

— Mais non, il partait pour Toronto ce matin. Tu te souviens? Il m'a reparlé des vacances avant de quitter la maison, hier soir. Sais-tu ce que tu voudrais faire?

J'ai haussé les épaules. Je n'avais pas envie de parler de chalet ou de camp d'été.

— J'irais bien en Italie, car papa m'a donné envie d'y aller en décrivant Florence.

Maman a souri, puis elle a dit que je ferais ce genre de voyage quand je serais un peu plus grande.

Il faut toujours que j'attende d'être plus grande! Même pour rêver!

Sous prétexte de promener Sherlock, je me suis rendue chez Arthur. La plupart du temps, je rejoins mon ami chez lui plutôt que l'inverse, car j'aime bien voir ses animaux. La chatte Hermine partage son territoire avec des poissons, des tortues et des perruches. Arthur lavait la vaisselle. Seul.

— Véronique ne devait pas t'aider? ai-je demandé en prenant un linge à vaisselle.

— Oui, mais elle m'a payé pour que j'essuie à sa place. Il paraît qu'elle devait téléphoner à Jessica! J'ai besoin de films pour mon appareil, alors j'ai accepté. Tu n'es pas obligée de m'aider.

— Je sais, mais ça ira plus vite.

— Tu es pressée? Pourquoi?

— Parce que.

Je ne pouvais pas lui avouer que ça m'énervait de le voir frotter si lentement les assiettes. Il en essuyait une pendant que j'en essuyais dix! Heureusement qu'il fait de la photo: s'il faisait du cinéma, les images seraient au ralenti!

Je lui répétais ce que maman m'avait dit au sujet de Laurent quand Xavier est entré dans la cuisine en courant. Il était tout essoufflé:

— Vous ne devinerez jamais ce qui m'est arrivé!

Chapitre VII
Le retour de l'araignée

J'ai échappé le verre que j'étais en train d'essuyer, mais Xavier l'a rattrapé juste à temps.

— Quoi?

— J'ai pris une des barrettes de maman et j'ai fait semblant de l'avoir trouvée devant la porte de la Veuve noire. J'ai sonné pour la lui remettre. Élisabeth Simard m'a répondu que ce n'était pas à elle; j'ai alors vu les cadres accrochés au mur du salon et je me suis extasié. Elle m'a fait entrer en souriant.

— Elle voulait être gentille avec toi pour que tu influences tes parents?

— Elle m'a demandé de lui donner mon sac à dos et de m'installer confortablement. Elle m'a montré des photos de ses voyages avec son mari. Quand il collectionnait les insectes.

— Il y en a vraiment beaucoup chez elle, ai-je dit.

— Oui, j'ai regardé sa collection durant près d'une heure, puis je suis remonté chez moi. Cinq minutes plus tard, ma petite soeur avait besoin d'un crayon de couleur. Elle a ouvert mon sac à dos, puis elle s'est assise par terre pour dessiner. J'ai vu la veuve noire sortir du sac à dos!

— Du sac à dos? Tu as des hallucinations!

— Je parle de l'araignée! Elle était à moins de trois centimètres de ma petite soeur! J'ai juste eu le temps de soulever Néfertari pour lui éviter d'être piquée.

— L'araignée était vivante?

— Oui! Néfertari s'est mise à pleurer, maman est venue; elle a cru que l'araignée était en caoutchouc. Elle a dit que j'étais idiot de m'amuser à faire peur à ma soeur. Qu'il y avait assez du petit voisin qui nous ennuyait avec ses serpents et ses insectes en plastique! Elle a emmené ma soeur dans la cuisine et j'en ai profité pour attraper la veuve noire.

Xavier a tiré un bocal de son sac à dos: il y avait une araignée qui ne semblait pas très contente d'être là. Elle s'était roulée

en boule comme si elle voulait nous tourner le dos.

— C'est elle! me suis-je écriée. C'est
l'araignée que j'ai vue dans les escaliers!
Elle n'est pas en caoutchouc?

— Pas celle-ci...

J'ai regardé Arthur:

— Tu vois! Je n'avais pas exagéré!

— Pour une fois...

Je n'ai pas eu le loisir de protester, Xavier poursuivait son récit:

— Quand j'ai compris que la veuve noire venait de chez Élisabeth Simard, je suis descendu chez elle. Je lui ai dit que j'avais trouvé une araignée dans mon sac à dos et que j'en parlerais au gérant de l'immeuble.

— Et alors?

— La Simard m'a pris par le bras et elle m'a supplié de garder le secret sur ce petit incident... «Vois-tu, mon mari aimait les insectes morts, moi je les préfère vivants. Comme toi, je respecte les araignées. Cette veuve, c'est ma seule amie, je ne voudrais pas que le gérant de l'immeuble m'oblige à la tuer, tu comprends?»

— Tu crois qu'elle aime vraiment les araignées?

— Je ne sais pas. Elle se contredit: elle tient à récupérer sa veuve noire, mais elle n'a pas nié l'avoir mise dans mon sac. Elle m'a offert de l'argent en échange de l'araignée et de ma discrétion.

— Quoi?

— Cent dollars!

— Qu'est-ce que tu as fait?

Xavier a souri:

— J'ai accepté, bien sûr, et je vais lui rapporter son araignée. J'aurais été sot de refuser; elle se serait doutée de quelque chose. Elle croit que je vais me contenter de sa version, mais moi, je pense qu'il n'y a pas qu'une veuve noire chez la veuve Simard. Il y a aussi celle qu'Andréa a vue. Pourquoi pas d'autres?

— Cent dollars! s'est exclamé Arthur. C'est beaucoup d'argent. Elle voulait acheter ton silence. C'est louche...

— C'est quatre fois le prix des araignées que vendent les animaleries. Peut-être qu'elle est réellement attachée à sa veuve noire, mais j'en doute.

— Est-ce qu'on peut se procurer facilement ces araignées?

— Je ne crois pas, a répondu Xavier. On trouve certaines araignées dans des animaleries, mais l'importation est de plus en plus réglementée. À l'Insectarium, les araignées qui viennent de pays étrangers sont mises en quarantaine. Et chaque fois qu'elles sortent de l'Insectarium, elles sont fichées.

— Fichées? Ce ne sont pas des criminelles, ai-je dit.

— Non, mais elles peuvent le devenir...
On en emprunte parfois pour de la publicité ou pour le cinéma. On note leurs allées et venues; une *atrax* qui se balade dans la nature est déjà très dangereuse. Imaginez une *atrax* enceinte! Elle ferait des petits qui se disperseraient un peu partout et piqueraient les gens. Les sorties des araignées sont donc bien contrôlées.

Arthur a ajouté qu'on n'avait pas le droit d'entrer dans le pays avec des animaux non déclarés. Son père l'avait dit assez souvent à ses clients qui voyageaient. Leur chien ou leur chat avait besoin d'un certificat médical. Et il était possible qu'on mette l'animal en quarantaine s'il ne répondait pas aux critères de santé établis par le vétérinaire des douanes.

— On évite ainsi d'importer des animaux qui ont des virus et risquent de contaminer les animaux sains qui vivent ici.

Xavier a raconté qu'on lui avait ainsi confisqué une tortue qu'il voulait rapporter d'Haïti où il habitait avant.

— Qu'est-ce qu'on fait maintenant?

— Il faut retourner chez Élisabeth Simard pour voir si elle a d'autres araignées, dit Arthur.

— Et la dénoncer, a murmuré Xavier. Je déteste ce rôle!

— Mais s'il y a d'autres araignées qui s'enfuient, elles finiront bien par piquer quelqu'un.

— Qui en mourra, ai-je ajouté.

Arthur a fait claquer ses doigts:

— Et si c'était ce qui est arrivé à Laurent?

— Oui! C'est sûrement ça! s'est exclamé Xavier.

— Non, ai-je fait. Ça ne marche pas... Les médecins pensent que Laurent a probablement été empoisonné en mangeant un caramel.

— Et pour quelle raison Élisabeth Simard aurait-elle souhaité qu'une araignée pique Laurent?

— C'est plutôt lui qui aurait pu lui en vouloir! a dit Xavier. Et même si elle avait déposé une araignée chez Laurent, rien ne prouve que l'araignée l'aurait piqué. Les araignées ne se jettent pas si facilement sur les gens.

— Mais c'est dangereux, elles pourraient s'échapper de chez Élisabeth Simard.

— Bien sûr, a admis Xavier. Il f:

faire quelque chose!

On a cherché un moyen de s'introduire chez la Veuve noire en son absence, pour vérifier si les intuitions de Xavier étaient justes. On ne pouvait pas accuser une adulte sans avoir de preuves. Surtout pas Élisabeth Simard: elle était l'adjointe au maire et tout le monde la respectait dans notre quartier.

Sauf certains habitants de l'immeuble, bien sûr, qui avaient été insultés par sa façon de vouloir acheter leur appartement.

On réfléchissait encore quand le frère aîné d'Arthur a dit qu'il était tard et qu'il nous reconduirait chez nous.

Je ne m'endormais pas du tout, mais je me suis couchée, car je voulais méditer sur notre enquête. J'ai rêvé que j'étais prise dans une toile géante, toute collante, et que j'appelais mon père avec un téléphone cellulaire pour qu'il vienne me sauver. Mais l'araignée mangeait l'antenne et la ligne était coupée. Je me suis réveillée au moment où le monstre mettait une longue patte sur moi.

C'était Sherlock qui s'était endormi en vers du lit.

Je n'ai pas parlé de mon cauchemar à maman, parce qu'elle n'aime pas que mon chien dorme avec moi.

Maman était en retard et elle courait dans la maison en tous sens: elle cherchait son écharpe, puis son porte-documents et enfin ses clés.

–– Tu ne les as pas vues, Andréa?

— Non. Tu devrais avoir des doubles

de tes clés, et même des triples et des quadruples!

Maman a soupiré, mais elle n'a pas protesté; elle perd souvent ses clés. C'est curieux, car elle est ordonnée pour tout le reste.

J'ai aidé maman à chercher les clés, mais c'est Sherlock qui les a retrouvées derrière un coussin du canapé.

— Tu es un bon chien! a dit maman en le flattant.

Puis elle m'a poussée vers la porte. L'autobus arrivait au bout de la rue.

C'est en voyant maman ranger ses clés dans son sac que j'ai su comment entrer chez la veuve Simard.

De la manière la plus simple du monde: en ouvrant sa porte avec un trousseau de clés!

Chapitre VIII
Le stratagème

J'ai dû attendre d'être à l'école pour raconter mon plan à Xavier et Arthur:

— Il nous faut un passe-partout pour entrer chez Élisabeth Simard.

— On n'en vend pas à n'importe qui! a dit Arthur.

— Nous connaissons quelqu'un qui peut nous en fournir un pendant quelques minutes, a murmuré Xavier.

— Qui?

— Ornella! Son père est serrurier. Nous devrons être prudents, car ce serait très grave si on découvrait qu'elle a volé les clés de son père.

— On ne lui volera pas ses clés, a fait Arthur. On les empruntera seulement quelques minutes. Le temps d'inspecter la maison, de prendre des photos et de ressort

— Je vais parler à Ornella à la fin

cours, a promis Xavier.

— C'est dommage qu'elle ne fréquente
pas la même école que nous! ai-je déploré.
On va être obligés d'attendre jusqu'à ce
oir pour savoir si elle accepte!

Arthur a dit qu'on avait notre plan d'ac-
à préparer:

— Il faut réussir à retenir Élisabeth Simard hors de chez elle durant au moins dix minutes. Qui est volontaire?

— Je dois rentrer chez la Veuve noire, a aussitôt déclaré Xavier. Je suis le seul à pouvoir identifier les araignées.

J'ai hoché la tête:

— Tu as raison.

— Et moi, je prends les photos, a répondu Arthur.

— Je vais m'occuper d'Élisabeth, ai-je ajouté.

J'étais assez contente d'avoir persuadé les garçons d'entrer seuls chez Élisabeth. Je n'avais pas trop envie de revenir à la maison avec une araignée dans mes cheveux!

— Ornella t'accompagnera, m'a assuré Xavier. Elle n'est pas peureuse.

On a mis notre stratagème au point, puis Arthur a dit qu'il espérait apprendre enfin qui était Savelli.

— Papa a promis de me téléphoner si des détails lui revenaient à la mémoire.

— On aura peut-être une réponse, a fait Xavier.

— Et peut-être que Laurent sortira coma, ai-je soupiré.

Chapitre IX
Les cages de verre

À la sortie de l'école, on a suivi Xavier chez Ornella. Elle a accepté de nous aider.

— Il va falloir attendre que mon père fasse sa sieste après avoir mangé. Il enlève alors sa veste. Le passe-partout est dans la poche gauche. Je pourrai le prendre à ce moment-là.

— Et ta mère? a demandé Xavier. Elle ne te verra pas?

— Maman ira chez Mme Zingara; elle lui parlera de votre Savelli. S'il vit à Montréal, Mme Zingara le connaît sûrement.

Ornella a écouté notre plan attentivement:

— Tu crois qu'Élisabeth Simard sortira aussi facilement de chez elle?

— Ça marchera!

— Il faut tenter le coup!

À la maison, maman m'avait perm

d'aller manger un hamburger avec Arthur, car je n'avais pas d'école le lendemain. Le vendredi est mon soir préféré. C'est encore mieux que le samedi, car le samedi soir, la moitié de la fin de semaine s'est déjà écoulée.

J'ai emmené Sherlock, étant donné qu'il faisait assez beau pour qu'on mange dehors. Arthur a pris un double hamburger avec du fromage et de la glace au chocolat. Sherlock a bouffé un hot-dog qui restait dans l'assiette d'un voisin. Je ne savais pas qu'il aimait la moutarde.

— Tu crois que notre plan va fonctionner? a demandé Arthur entre deux bouchées.

— Oui, ai-je affirmé en croquant un cornichon.

Une heure plus tard, Ornella remettait le passe-partout à Xavier. Les garçons se sont cachés dans la cave, tandis qu'Ornella et moi sommes allées frapper à la porte de la veuve Simard.

Elle nous a ouvert immédiatement. Elle avait son sac à la main:

— J'allais sortir. Que voulez-vous?

J'ai toussé:

— Je me demandais si vous accepteriez

de m'accorder une entrevue pour notre journal, le *Sherlock*. On fait un portrait des gens qui participent à la vie du quartier.

— C'est une bonne idée, mais je n'ai pas le temps aujourd'hui. Maintenant, excusez-moi, je dois assister à une réunion à la mairie, a dit Élisabeth Simard en refermant la porte derrière elle.

On s'est éclipsées aussitôt, trop heureuses de notre chance: on n'avait même pas eu à entraîner Élisabeth Simard hors de chez elle. De plus, les rencontres à la mairie étaient toujours longues; les garçons pourraient rester longtemps chez la Veuve noire.

On a retrouvé Arthur et Xavier. Ce dernier m'a proposé de me joindre à eux pour la visite. Ornella, elle, avait promis à sa mère de veiller sur son père, même s'il allait mieux.

— On te rapportera rapidement les clés, ai-je juré. Allons-y.

Arthur a enfoncé le passe-partout dans la serrure et il a poussé la porte. Nous nous sommes arrêtés sur le seuil, gênés de nous introduire ainsi chez une étrangère. Xavier s'était figé: je l'ai secoué par le bras en lui rappelant la mésaventure de sa petite sœur.

— Tu as raison!

Il s'est avancé dans le salon, il a jeté un coup d'oeil sur les cadres et il a indiqué une porte:

— Regardons sa chambre!

C'était une chambre bien ordinaire avec un lit, une table de chevet et une garde-robe. Aucune araignée en vue... j'aimais autant ça.

— Elle doit avoir un insectarium dans la cave, a dit Arthur. Sinon, n'importe quel visiteur le verrait. Laurent, par exemple.

On a allumé avant de descendre lentement les marches. J'ai failli tourner les talons immédiatement!

Il y avait deux grandes cages de verre contenant des araignées et des insectes de toutes sortes! J'ai remonté quelques marches tandis que Xavier s'avançait vers les cages de verre. Il rayonnait de plaisir:

— Je n'en ai jamais vu d'aussi près! C'est fantastique!

— Est-ce qu'elles peuvent sortir des cages? a demandé Arthur.

— Mais non! Regarde! Un beau scorpion. Et voilà une tarentule. Elle a de bien jolies pattes.

— Tu as bien dit scorpion? ai-je balbutié.

C'est un insecte vénéneux!

— Non, il est venimeux.

— Ce n'est pas pareil? a demandé Arthur.

— Non. Les venimeux ont des crochets, des griffes, des aiguillons pour injecter leur poison. Les vénéneux ne peuvent le faire. On s'intoxique en les touchant ou en les mangeant. Mais tu sais, bien des gens survivent à la piqûre d'un scorpion.

— Je n'ai pas envie d'essayer, ai-je bredouillé. Bon, inutile de s'attarder ici. On a vu ce qu'on voulait voir. Arthur, prends tes photos et sortons.

Xavier s'est penché sur une cage de verre:

— Oh! une *Atrax robustus*! Je ne pensais jamais en voir! C'est une araignée qui vit en Australie! Elle est très dangereuse! Pire que la veuve noire. Et une veuve noire peut tuer un adulte. Il paraît que les crochets de l'*atrax* réussissent à percer un de nos ongles!

J'ai caché mes mains dans mes poches.

— Voyons, Andréa, cette *atrax* ne te sautera pas en pleine figure!

— Et les autres? Comment sont-elles sorties de leur cage de verre?

Xavier et Arthur ont dit en même temps:

— On les a aidées.

— Mais pourquoi Élisabeth Simard les aurait-elle libérées? ai-je demandé.

Xavier regardait toujours l'*atrax*, fasciné. Tout à coup, il a crié:

— Elle ressemble terriblement à l'araignée du *Tintin*!

— Qu'est-ce que tu racontes?

— Le *Tintin*! Ouvert à la page où on voit une monstrueuse araignée! Laurent voulait

nous donner une piste!

— Il savait qu'Élisabeth avait un insectarium dans sa cave, a continué Arthur.

— Et il avait deviné ce qu'elle voulait faire de ses araignées, ai-je complété. Pourtant, les médecins ont bien dit qu'il avait été empoisonné en mangeant un caramel. Ils n'ont jamais parlé de piqûre d'insecte.

Xavier s'est collé le visage contre la vitre d'une cage pour mieux voir ce qu'elle contenait.

— Ce sont des cantharides!

— Des quoi?

— Les cantharides sont des insectes qui fournissent une substance toxique appelée cantharidine. On s'en est beaucoup servi dans le passé...

— Comment?

— On mêlait de la poudre de cantharide à de l'arsenic... Et on assaisonnait le plat de la victime.

J'ai poussé un cri:

— C'est ce qu'elle a fait! La veuve Simard a empoisonné Laurent en mettant de la cantharide dans des caramels. Elle savait qu'il en mangeait sans arrêt.

— Quand je pense que j'ai failli en

manger! a dit Arthur, les yeux écarquillés.

J'ai avalé de travers. Moi aussi, j'aurais pu être empoisonnée!

— Pourquoi Laurent n'a-t-il pas écrit «Simard» au lieu de «Savelli»? On aurait compris tout de suite! À moins qu'un Savelli ne soit une espèce d'araignée?

Xavier a secoué la tête:

— Je n'en ai jamais entendu parler.

Arthur nous a désigné une petite armoire, dont la porte était entrebâillée. Je m'en suis rapprochée, en veillant à passer loin des cages de verre. Les cantharides avaient de jolies carapaces, mais je n'allais pas les flatter pour autant!

— Oh! a fait Xavier en ouvrant la porte de l'armoire.

Il y avait des fioles, des cuillères, un bol et un pilon en marbre, des poudres et un réchaud à gaz.

— Un matériel de chimiste! ai-je dit.

— Une chimiste qui fabriquerait des poisons!

— Il faut appeler la police! a dit Arthur.

Comme on se dirigeait vers l'escalier, on a entendu des pas au-dessus de nos têtes.

— Élisabeth! ai-je gémi.

Pour une fois, j'étais contente de

tromper: c'était des policiers. L'inspecteur Lauzon avait l'air heureux de nous retrouver.

— Qu'est-ce qui s'est passé? ai-je demandé.

— Vous pouvez remercier votre copine, a dit l'inspecteur Lauzon en montrant Ornella.

— Raconte!

— Je n'ai aucun mérite; Mme Zingara a expliqué à maman qui était Savelli.

— Quoi?

— C'était un prince qui vivait en Italie au XVIIe siècle. Il avait l'air aimable, mais c'était un redoutable empoisonneur, car il avait beaucoup d'imagination. Les gens craignaient, à cette époque, d'avaler des aliments empoisonnés. Alors il offrait à ses victimes de jolis coffrets ouvragés et...

— Papa m'a parlé de coffrets! ai-je dit.

— Les coffrets avaient une serrure difficile à ouvrir. La victime s'acharnait à enfoncer la clé. Elle y parvenait, mais sans le savoir, elle s'était empoisonnée en serrant la clé entre ses doigts. Les clés avaient de minuscules pointes qui égratignaient la peau; le poison pénétrait ainsi dans le sang.

— Laurent avait sûrement lu l'histoire de Savelli et il voulait nous indiquer qu'il avait été empoisonné! a dit Xavier.

— Maman me parlait de Savelli quand le téléphone a sonné, a continué Ornella. On nous apprenait que Laurent avait repris connaissance.

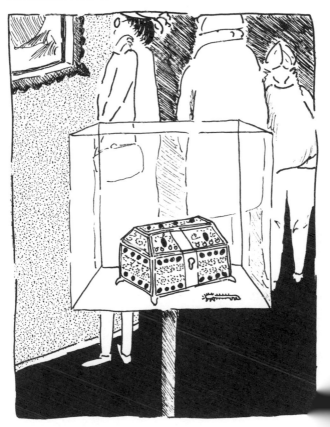

Le policier a poursuivi:

— Laurent Dupuis nous a raconté ce qu'il savait à propos d'Élisabeth Simard. Elle élevait des insectes vénéneux...

— Non, venimeux, ai-je corrigé.

Le policier a froncé les sourcils, avant de continuer:

— Elle voulait que certaines personnes de l'immeuble soient piquées et malades. Elle croyait que les autres locataires prendraient peur et décideraient de vendre leur appartement. Elle voulait acheter l'immeuble, car elle savait que sa valeur augmenterait bientôt. Elle avait vu des dossiers secrets à la mairie.

— Et Laurent savait tout ça?

— Elle lui avait demandé d'amener les habitants de l'immeuble à vendre leur appartement, mais il avait refusé. Puis il avait découvert ses insectes.

— Élisabeth avait donc empoisonné des caramels, a conclu Ornella. J'ai tout compris quand maman m'a parlé de Savelli. Je lui ai dit que vous étiez chez la veuve Simard. Maman a appelé les policiers. Ils ont arrêté Élisabeth Simard à la mairie.

L'enquêteur nous a dit qu'on avait été

imprudents:

— Vous auriez dû nous prévenir avant de vous aventurer chez Élisabeth Simard!

— Que vont devenir ses araignées? a demandé Xavier.

— On les apportera à l'Insectarium de Montréal.

Ornella a tapoté le bras de Xavier:

— Ne sois pas triste, tu ne pouvais pas les garder ici.

— Elles étaient si jolies, a soupiré Xavier.

Mme Ocarino a battu des paupières:

— J'ai appelé vos mamans. Elles m'ont permis de vous emmener voir Laurent à l'hôpital. Ça vous va?

J'ai applaudi! J'avais plutôt hâte de quitter cet immeuble, même si je n'ai pas vraiment peur des araignées...

Table des matières

Chapitre I
Une drôle de veuve 9

Chapitre II
Une mauvaise surprise 19

Chapitre III
Qui est Savelli? 29

Chapitre IV
Au restaurant italien 39

Chapitre V
Avis de recherche 49

Chapitre VI
Les caramels 57

Chapitre VII
Le retour de l'araignée 63

Chapitre VIII
Le stratagème 73

Chapitre IX
Les cages de verre 77

Achevé d'imprimer
sur les presses de Litho Acme Inc.